कानपुरिया मीठास

कनक

सुमीत कुमार

सुमीत कुमार

सुमीत कुमार, एक वयस्क जो जीवन के कई चरणों का अनुभव करता है, एक प्रसिद्ध लेखक और नए युग के लेखक हैं। वास्तव में वह एक लेखक होने के साथ-साथ गायक, कवि, शायर, उद्धरण लेखक, गीत लेखक और एक कलाकार भी हैं। एंकर या स्टैंडअप कॉमेडियन। उनके बारे में बहुत ही रोचक और दिलचस्प तथ्य यह है कि वे नए युग के लेखक हैं यानी उन्होंने अपने लेखन की यात्रा उस उम्र में शुरू की जब वह अध्ययन करने के लिए स्कूलों जा रहे थे। उनकी 100 पुस्तकों की स्ट्रीक महान होगी भविष्य में उनके लिए उपलब्धि, उनकी कुछ प्रसिद्ध रचनाएँ यानी प्रेम की परिपक्वता (शैली _प्रेम) स्वप्न की गोपनीयता (शैली-मध्य वर्ग की जीवन शैली)।आप नोटियन प्रेस, अबे

क्रम-सूची

प्रस्तावना

वक्त कभी किशी की नहीं है न ही किशी की ये जाति ,धर्म की आस्था है ये तो निर्भय है जिस्की एक ही दौलत है और एक ही धर्म भी इंसान जिशे कर्म कहते हैं और दुसरी जाति वाले वाले उषे धर्म कहते हैं।

भूमिका

सुमीत कुमार

सुमीत कुमार, एक वयस्क जो जीवन के कई चरणों का अनुभव करता है, एक प्रसिद्ध लेखक और नए युग के लेखक हैं। वास्तव में वह एक लेखक होने के साथ-साथ गायक, कवि, शायर, उद्धरण लेखक, गीत लेखक और एक कलाकार भी हैं। एंकर या स्टैंडअप कॉमेडियन। उनके बारे में बहुत ही रोचक और दिलचस्प तथ्य यह है कि वे नए युग के लेखक हैं यानी उन्होंने अपने लेखन की यात्रा उस उम्र में शुरू की जब वह अध्ययन करने के लिए स्कूलों जा रहे थे। उनकी 100 पुस्तकों की स्ट्रीक महान होगी भविष्य में उनके लिए उपलब्धि, उनकी कुछ प्रसिद्ध रचनाएँ यानी प्रेम की परिपक्वता (शैली _प्रेम) स्वप्न की गोपनीयता (शैली-मध्य वर्ग की जीवन शैली)।आप नोटियन प्रेस, अबे बुक्स, इम्युजिक इन, फ्लिपकार्ट, एमेजॉन, किंडल, इंस्टेंट रीड लाइक

भूमिका

ईबुक, किंडल, गूगल, इंटरनेशनल साइट्स और कई अन्य से भी उनकी किताब खरीद सकते हैं।स्पॉटिफ़ पर पॉडकास्ट: @ ब्रोकन हार्टइंस्टा आईडी: बुकहब92जीमेल: सुमितकुमार 88234लिंक्डइन: सुमीत कुमार

पावती (स्वीकृति)

सुमीत कुमार

सुमीत कुमार, एक वयस्क जो जीवन के कई चरणों का अनुभव करता है, एक प्रसिद्ध लेखक और नए युग के लेखक हैं। वास्तव में वह एक लेखक होने के साथ-साथ गायक, कवि, शायर, उद्धरण लेखक, गीत लेखक और एक कलाकार भी हैं। एंकर या स्टैंडअप कॉमेडियन। उनके बारे में बहुत ही रोचक और दिलचस्प तथ्य यह है कि वे नए युग के लेखक हैं यानी उन्होंने अपने लेखन की यात्रा उस उम्र में शुरू की जब वह अध्ययन करने के लिए स्कूलों जा रहे थे। उनकी 100 पुस्तकों की स्ट्रीक महान होगी भविष्य में उनके लिए उपलब्धि, उनकी कुछ प्रसिद्ध रचनाएँ यानी प्रेम की परिपक्वता (शैली _प्रेम) स्वप्न की गोपनीयता (शैली-मध्य वर्ग की जीवन शैली)।आप नोटियन प्रेस, अबे बुक्स, इम्युजिक इन, फ्लिपकार्ट, एमेजॉन, किंडल, इंस्टेंट रीड लाइक

1

तालीम

रिश्ते जब हादसे बन जाए तो वो तकलीफ देने लगते हैं क्योंकि असली में उनकी हर एक तरफ़ा बातें जो हम एक दसरे ले लिए जाते हैं वो तो एक दिखावे की ही पता है तो सच दे ये देखते हैं ही बना है, ईश महफिल में अगर किशी में दर्द की वजह देखी है तो सुख के लम्हे भी उसे जरूर देखेंगे, पर हा असलियत में वो भी होता है से बात नहीं होती वो भी क्या होता है अगर वो किश रिश्ते में ना हो तो फिर वही वीरन शि रहे देखता है उनके बीच जिसे हम कभी देखना भी नहीं कहते हैं, अगर कोई सक्ष किशी दुसरे सच से मोहब्बत करता है तो फिर वही बताता है कहीं, आइशी तो बात नहीं की वो आपके अल्फाज़ो की प्रतिमा अपनी मोहब्बत के सामने जहीर नहीं कर सकता, हलत बदलते हैं, लोग बदलते हैं, फ़िदरत भी बदलती है पर वक़्त का आया, बार ये सिफ़ारिस ज कारू में उससे की अब हर चूका हूं, प्रति अब महफिल में तो वो आसुं भी नहीं बच्चे जिस्की वजाह से में उसे रोक सकीं, मोहब्बत की बातें कुछ इस तरह से है की हम कुछ कुछ रह तो के लिए पूरी उमर भी काम पार्टी है, जो साक्षी खुद को खोने से भी डरता है अगर वो किशी से मोहब्बत कर ले ना तो उसमें फिरत की सुरूरत भी उस वक्त मार्ग की सियासत है, से होती है इत्तेफाक बातें की गुलाम अभी वक्त के पहले करने की कोई गुजरिश नहीं है, पर ह रिश्ते की सिफरिश जर्रोर करना चाहता हूं, वो रसीहते जिस्के के लिए हर एक साक्षी खुद को कुछ... की कमी है जनता हूं, प्रति मोहब्बत

हर किशी से सची भाई ये भी जनता हूं, लोग साथ छोड़ देते हैं तो कोई गम नहीं पर जब में खुद को भूल जाता हूं तो फिर सयाद लगता है में अब आगे बढ़ूंगा र है, में ये बातें क्यों कह रहा हूं एम, ऐन खुद नहीं जनता क्योंकि कभी किशी चीज को मैंने अपनी जिंदगी में पुराना ही नहीं किया है। है वक्त के साथ झकम थीक हो जाते हैं, पर ये कैसी दर्द की तालीम और झक को झेल रहा है में जो काम होने की वजह और मेरे अंदर एक नई जग बना रहा है तो खुद को भी महसूस करता है। ये मुझसे डर चला जाए पर फिर भी खैरात क्यों है मुझसे इसे कहने की? डर क्यों नहीं जा पाता में, क्यों हर वक्त खुद को तकलीफ में देखना चाहता हूं? और क्यों हर वक्त खामोशी में उन गालियों की मोहब्बत बनाना चाहता हूं जिससे मुझे बहुत ज्यादा नफरत है |

"

सफर खटम
सा
सेह पहले
एक
गुजरिश
जरूर है
कि
मुझे किशी
का हिसा
मत
बना
क्यूंकि
मुख्य
रिश्ते
निभान
में बड़ा
कमजूर

हुन|"

उमर की कोई जिंदगी नहीं होती है पर एक खैरत जरूर होती है अगर कोई साक्षी आपको खुद से भी ज़ायद मोहब्बत करे पर ईश ज़िंदगी में मोहब्बत तो वो बदनाम मोहल्ला है जिसके पास भी पास भी होता है क्या आपकी आँखें सेह मशूर होते हैं देखा है, मेरे रिश्ते भी उस एक साक्षी के साथ कुछ ऐसे ही थे, मैं आज भी खुद को उन तक ही तकलीफ जीता मुझे ये लगता है की मैं भी गलता ही नहीं की तू गलत है, फिर क्यों आयशा महसूश करता हूं में, मैं क्योंकि खुद को उसकी नजरों से दूर रख रहा हूं, क्यों बेवजह हर जगह उसे याद करूंगा सेह फूंभागा चाहता हूं गुजराती तो मुझे भी नहीं फिर में जीने की खैरात को हर वक्त जिंदा क्यों रखता हूं? ईश सवाल के जवाब को मैंने हर उन दिवारो से पुच लिया है जहां कभी उस साक्षी ने मुझे मोहब्बत की हर वो बातें सिखाई थी, पर आज तक उन दिवारो ने खामोशी के इलावा कुछ और बात में कुछ नहीं कहा ही पुछता हूं क्या वो सही थी? ये क्या में गलत था? लोग कहते हैं एक उमर के साथ मोहब्बत हो तो ठीक है, ये अगर एक उमर के साथ बने तो वो भी ठीक है, पर उन्हें क्या पता, कभी भी मोहब्बत कभी नहीं होती है सकता है? मोहब्बत तो बरबादी से होती है ना, उस साक्षी से होती है ना, उस साक्षी से होती है जिससे एक मुलकत के लिए हम पूरी रात अपनी जरूरत को अपनी बरबादी की वजह बना लेते हैं। कहते हैं जब किशी साक्षी को एक महफिल से घुतन होने लगे तो उसे उस वक्त ही उस महफिल को अलविदा कह देना चाहिए मैं किशी और के उनसे में खुश हूं तो क्यों नहीं रह सकता, मुझे क्यों समाज की हर वो बातें सुन्नी है जो मुझे हर वक्त कमजूर कर देती है, मुझे हर वक्त ये अहसास है कि... दो जाने साक्षाते हैं, उनके बीच बातें होती हैं, दर्द की हर एक वजाह को वो एक दसरे को सुना है, फिर कुछ पल साथ रहते हैं, और उसके बाद एक दुसरे से दूर हैं, ले ले जाते हैं पता है?

"की इंसान
बड़ा

कानपुरिया मीठास

जालिम हुन
क्यूंकी में
किशी के जज्बाती
नहीं समाज
पाटा
ये बड़ी फुर्सत
सेह ओस्ने
मात्र
बारे
में कह:
था
प्रति एक प्रश्न
की कफस
मुझे आज
भी परेशानी
करती
हे ओस्की
मुहब्बत में ?
की अगर
वो सही
थी तोह
में गलता
कैसेह हुआ?
क्यूंकी उशी नी
कहा था
की हमी
डोनो
बिलकुल
एक जैशे
हे ।"

उन रिश्तों को क्या कसूरबार मनु जिन्हे ये खुद भी नहीं पता की वो एक साक्षी को साथ जोड़ता ही क्यों है, दुनिया दुनिया में बहुत काम है जो है जो कुछ भी है तो जिस से सुरु होती है और जिस्म पर खतम भी, अगर ईश दुनिया में हर एक चीज जरूरी है तो फिर मोहब्बत भी जरूरी है, क्योंकि अगर साक्षी है तो उसे भी पूरा मोहब्बत कर ही मोहब्बत किशी अंजान साक्षी से ही हो क्योंकि खुद सेह मोहब्बत भी बड़ी लाजवाब होती है। पर कुछ लोग ऐसे भी होते हैं जो खुद की मोहब्बत भी होती है। में ऐसी बातें भी बताने वाला हूं जिसे आप सब जानकर सयाद मुझसे नफरत की ख्वाश करने लगे, प्रति में उस नफरत की वजाह भी सयाद ना जान पायूं, क्योंकि जिस तरह से मुझे मोहब्बत ही कोई, तराह मोहब्बत कारी खातिर । एक रिश्ते की सुरूरत तब नहीं होती जब लोग एक दसरे से मिलते हैं, उनके बीच बातें होती हैं, फिर वो एक दसरे को अच्छी तरह से जाने हैं, मैं इशलिये ये बातें कह रहा हूं एक दसरे के बारे में सोचते हैं, एक दसरे से उमद करते हैं, प्रति कुछ लोग ये तो मेरी बात से ये भी समझ रहे हैं कि रिश्तों में जबतक मोहब्बत ना हो तब तक वो में पूरे नहीं हैं मोहब्बत से बड़ी और अधूरी चीज कोई भी नहीं है तो रिश्ते बनते कैसे हैं? ये सावल तो आप सब के मन में भी जरा कुछ अलग तरह की पहचान बना रही होगी? रिश्ते वो बनाबती सेहर है जिन्के मोहल्ले की कोई बात नहीं करना चाहता, पर रहना सब कहते हैं, मुझे पता है ये बातें आप में सेह किशी को भी कुछ समाज में नहीं आ रहा है। में रहा हूं। पर सही तो कहा मैंने रिश्तों के बारे में, ये लोग रहते जरूर है पर अंजान की तरह, बातें होती तो जरा है पर जहां महफिल वीर है, खुशियां मिल्टी जरूर सच होगी जैसे ही एक उम्मेद से होती है, एक आइशी उम्मेद जिशे हम तब देखना चाहते हैं, जब हम खुद को खुश|

त करने की वजह मिलि है, बेगैरत बेवजह ही लोग एक दसरे पर ये इल्जाम लगते हैं की में तुम्हारी मोहब्बत पन्ने के लिए कबर की ख्वाश भी बन सकता है, क्यों लोग एक दसरे से ये बोले हम दोनो हैं कुछ किया है, हर वो वक्त तुम्हें दिया है जो में खुद के लिए रख शक्ति थी, ये रख सकता है, एक बात है जो में उन सब से पुचा चाहता हूं जिनके बीच असलियत में वो हैं, जो कुछ नहीं हैं दिसरे के साथ रहने का, की आप कैसी

मोहब्बत और इतनी तरह के रिश्ते निभा रहे हैं जिसमे ये सास दिलाना पर रहा है की मैंने तुम्हारे लिए ये किया, मैं तुम्हारे लिए हूं रिश्तों को सच्चा ये तो कभी नहीं होता न की आप ने जो पल एक साथ गुजरे है, वो याद जो साथ में रहकर बनायी है उसे आप एक हादसे का नाम देकर एक दसरे से फुरकत ले ले ले हो, फिर वही एक दसरे के सामने वो जूठी कसम और वादे निभाने की बातें ही क्यों करते हो? क्यूं एक फरेब की दुनिया को मोहब्बत मन लेटे हो और आगे जकार उसे एक ऐसे रिश्ते का नाम दे देते हो जिसे आप कभी निभा ही नहीं सकते। एक झटके को भरने के लिए लोग मोहब्बत का ही सहारा क्यों लेते हैं जो हजारो गम देकर भी अपनी महफिल में बड़े शान से रहते हैं, उसे तकलीफ नहीं होती, लोग आसान से अपनी जिंदगी में आएंगे तो आज भी यही है की कोई भी आगे नहीं बढ़ता बश वक्त के रिश्ते बदल जाते हैं, वो भी खुशियों और गम के बदल में, रिश्ते कभी भी एक तरफा नहीं निभय जाते बिलकुल किशी की सची यह है तो दशहरा भी उसके दर्द को देख खुद को तकलीफ देने की गुजारिश करता है, अगर एक किशी वजाह से खुश है तो वो दशहरे को भी अपनी खुशी में शममिल करने के लिए कुछ ऐसा है भागे हैं इसे पाने के लिए तब जकार कहीं ये एक रिश्ते में पता बंटी है।

"की आरज़ू

किया है

मुझे आब

संयुक्त राष्ट्र गलियां

मुख्य

जाना नहीं है

दर्द कि

सिफ़रिश

को फिर सेह

दोहराना

नहीं है

सुमीत कुमार

वो खुशी
है अपने
दोस्तो
के साथो
इश्लीए मुझे
एएबी से
अपना सेहरा
फ़िर सेह
दीखाना नहीं
है|"

2

मध्यम वर्ग की यात्रा

जिंदगी अगर आशान हो तो जीने की उम्मीद थोड़ी बढ़ जाती है, पर असलियत उनके ख़्वाब उसी वक्त से आपसे दूर होने लगते हैं, ईश जिंदगी हर किशी को एक आदत हो गई है, कि यह है, यहां खुद के बारे में सोचने की, और में आयशा क्यों बना और किसने मुझे देखा था? कमजूर है तो इसका मतलब ये तो नहीं को आप उसे खुद से अलग ही करदो, ये इसका मतलब ये भी तो नहीं की अगर वो गलत तो उसे कभी माफ ही मत करो, गलतियों इंसानों से ही होता है बचपन से सुना था की इंसान को हमा तीन मौके मिलते हैं, पर मेरी जिंदगी सयाद ईश चीज की लिखावट ही नहीं थी, इशलिये तो उन्होन मौका ही नहीं दिया मुझे मेरी बात रखनी है, अब भी मैं हूं, तो मैं हूं की में गलत नहीं था, और ईश बात की बहुत ख़ूब शी है की आब कोई मेरे साथ नहीं है, क्योंकि सयाद ईश सफर मैंने खुद का ही साथ छोड़ दिया है, और जीने की उस हर आशा को खुद से अलग कर दिया है, अब कहने की हर बात में है जिशे में देखना नहीं चाहता, न ही उसके बारे में कभी बात करना चाहता हूं, मैं गलत था ये लोग समझते हैं ये तक की जिन्होने ने मुझे जन्म दिया है, भी मेरे लिए काफी में हैं। गलत है ये तो पूरी कहानी जान कर ही पता चली तो चले सुन्ते हैं वो अंशुनी कहानी जिसमें दर्द की हर वो दीवार टूट गई थी जिस में महफूज समझौता था खुद के लिए। तो ये कहानी उस जगह है जिससे में कफी अंजान था, प्रति सयाद वो सेहर मुझसे कफी वकिफ था, मतलब

"

ये कहानी कानपुर की है एक आयशा जिस्के नाम में उसे पहचान छुपी है, वह लोग ऐसा ही कहते हैं ऊपर सुन्ना पसंद करते हैं, मेरा कहने का मतलब ये है कि ये के कॉफी अच्छे हैं, प्रति सैयद ये की मोहब्बत कुछ खास नहीं है, मैं अरुण पाठक एक ऐश घर का लड़का जहां के असूल ही हैं। आपकी जिंदगी थी पाठक परिवार के लिए, असूल से आप किशी की मोहब्बत नहीं जीत सकते हैं, न ही आप किशी तरह की इज्जत हैसिल कर सकते हैं, प्रति हा एक चीज है जिसे आप भी कभी भी कर सकते हैं। जाएगी, वो खुद की मानदरी है, खुद की खुशी है, आयशा मेरा मन्ना है, प्रति हमर पिता जी जिन्की सोच उनके असूल के बारे में बिलकुल अलग है, वैसा ही उनका नाम अनिरुद्ध पाठक है, प्रत्येक पेशा है। उसकी प्रतिमा हसिल कर राखी थी उश वक्त भी इश्लिया ए वो ये कहते हैं की धन,दौलत, और संतान भी ये तक अगर असूल के सामने आए तो हम बिना कुछ सोचे अपने असूल को आगे रखकर बक्की सब को पीछे रखना छै, असूल जिंदगी में वो ज्ञान है जो कोई भी है मन्ना था, मैंने भी बचपन से ये सिखा था, पर ये बातें कितनी सही थी, और कितनी गलत इसे तो में भाई कभी वक्फ नहीं थाई, बचपन से लेकर उस दिन तक पापा ने जो भी कहा था मैंने वो न तो अपने परिवार के खिलाफ गया था, न जाने की कोई उम्मेद मेरे मन में उस वक्त जाएगी थी, पर क्या करू युवा हूं न तो आदत है कभी न कभी तो छोटा ही जाति है, जो बताता हूं पापा कहते हैं तक सैयद वो अब दिल तक पौचती नहीं है, आयशा क्यूं नहीं हो सकता है, और में सही हूं, पर में हूं गलत हूं दुनिया की नजरों में और वो सही क्यों है? आइशी बातें हमशा अपनी मां से बोलता था। क्या कहता है जब एक इंसान अपनी खुद के नजरों में कुछ इस कदर गिर जाता है की उसे उठने के लिए भी उस वक्त दो कांधे कमजोर परते है, मेरी भी हलत उस वक्त कुछ ऐसी ही है बातें सच्ची थी, उन तो अपने असूल को चंकर मुझे लग कर दिया था, प्रति सैयद में अपनी मोहब्बत को उनके सामने चंकर भी उन्हे खुद से अलग नहीं कर पाया। बहुत अच्छा अगर इसे आगे बोल दिया तो अपनी पूरी कहानी भी अपने रिश्तों की तरह अधूरा छोड़ दूंगा, ईश कहानी की सुरूरत जब हुई, ये अधूरी कहानी की सुरूरात तब हुई जब में कनक बाकी थी, उसकी बातें, उसकी सोच, और हर एक चीज बाकी

लड़की सेह कफी अलग थी, मैंने उस वक्त सिरफ उसी एक ही झलक देखी थी, और उसी झलक तो मैं उस वक्त उसके पीछे ये बातें बता दूं की वो मेरे पापा के दोस्त विक्रांत अंकल की बेटी थी जो की असलियत में कफी तख्त थे, और रहते भी क्यों नहीं अखिर कर एक कर्नल जो थे, वैसा ही एक बात दुन और भी दोस्त थे, क्योंकि दोनो बचपन के सहपाठी भी थे और वो आप में एक साथ बड़े भी हुए, प्रति उनकी किस्मत में सयाद एक जैश काम नहीं लिखे थे, प्रति थे तो दोनो भारतिए ही तो वहां उनके लिए में कैसे हो शक्ति थी। डैड भी मुझे बिलकुल विक्रांत अंकल की तरह ही बनाना चाहते थे, पर में ये कभी नहीं चाहता था की में उनकी तरह कभी भी बनू, क्यों मेरी फिदरत ही नहीं थी वो, प्रति इसका मतब ये बिलकुल नहीं है देश में आप करता, मेरे भी शिद्दत उतनी ही अपने देश को महफ्फोज रखने की जितनी की सीमा,प्रति हमारे फौजी भाईयों के आंदर है। प्रति उस वक्त ना तो देश की बातें न ही पिता के सपनों की, बात तो उस वक्त उन रिश्तों की थी जिशे में सयाद निभाना नहीं कहता, न ही उनके लिए तय था, निहबने की बात तो उनके सामने पता होती की अच्छे रिश्ते होते क्या है? ये सयाद उनसे वक्फ होकर भी उन निभाना नहीं चाहता था।

"कुछ पल
वह।
मौत के
करीब
मात्र
जिंदगी के
नायब हिसो
में जो
कबर में
वह।
में जिंदगी
को मांगो

तो
राहा
था पेरू
उस्की इन्नायत
मात्र
ख्वाब
मुख्य
वह।"

3

मुस्कान के पीछे का दर्द

कुछ ऐसे भी रिश्ते होते हैं, दुनिया में जो न कहते हुए भी हम से अलग हो जाते हैं जिनसे हम कभी अलग हो जाते हैं, और अगर अलग होने की कोशिश भी करते हैं तो खुद उनमें काफास में कुछ हम भी होते हैं उस वक्त हम खुद के वजूद को भूल जाते हैं, सयाद मेरे और कनक के बीच भी उस दिन कुछ ऐसे ही रिश्ते बनने वाले थे, जो की ना उस वक्त उस प्रमुख थे ना ही मुझे, मैं उसमें नहीं बंद जयूं जिशे में कभी निभा ही न पायूं, प्रति कोष तो सब ने बेहद की और सयाद उस वक्त वो कामयाब भी हो जाते, पर मेरी फ़िदरत उन रिश्तों में जुड़ने के थे ही नहीं, इस्लिये जो मैंने वो कहा ,डैड और विक्रांत अंकल ने हम दोनो से पुचे बिना ही हम दोनो की शादी तय कर दी थी, प्रति मसाला कुछ आयशा था की कनक भी कुछ से प्यार करती थी उस वक्त और मैं भी पर हम दोनो मुझे पता है ये बातें आप लोगो को बिलकुल नहीं समजा आ रही हो गे मैं, मैंने पहले ही बोला था की ये कहानी पूरी कभी हुई ही नहीं, ये एक ऐसी अधूरी कहानी है, जिशे में ना तो उस वक्त पूरा करना चाहता था, और सयाद अभी भी नहीं करना चाहता हूं, क्यों की भी हम दो ने महसूश किया सयाद वो कुछ ठीक नहीं था, हम दोनो के लिए)। तो ही कुछ कुछ ऐश थे की जिस दिन हमारी शादी थी, उस दिन वक्त पर ना तो दुल्हा तय था, और ना ही दुल्हन तय

थी, क्योंकि हम दोनो को मोहब्बत मिले हो गई थी और उससे भी नहीं हुआ था अगर सीढ़े सबदो में कहु तो हमारी मोहब्बत सोशल नेटवर्किंग वाली थी, और कुछ ऐसी थी की ना में तो उस लड़की से कभी मिला जिशे में खुद से भी ज्यादा प्यार करता था, और ना ही कनक के कभी कभी मिला। भी ज़्यदा प्यार करती थी, हम दोनो भी विक्रांत अंकल और मेरे डैड की तरह काफ़ी अच्छे दोस्त थे, वो भी बचपन से, पर हम कभी भी एक दसरे की मोहब्बत के बारे में कभी कुछ, क्यों भी कुछ नहीं बात पता नहीं थी की हम दोनो जिशे प्यार करते हैं वो साक्ष है कौन बहुत में? खैर हादसे की बात बताना हूं, जब डैड ने विक्रांत अंकल सेह बोला की कनक और अरुण को बुला लो मुहर का वक्त हो गया है, और पंडित जी भी बक्की रश्मे करने के लिए कब से बोल रहे हैं? जल्दी बुलाओ उन्हे, थिक है तू चिंता मत कर अनिरुद्ध में देखता हूं, कैसा बताता है कि दुल्हा तो कब का भाग चुका है अपनी दुल्हन को छोड कर अपनी उस मोहब्बत के पीछे आज तक कभी,

तो ही कुछ कुछ ऐश थे की जिस दिन हमारी शादी थी, उस दिन वक्त पर ना तो दुल्हा तय था, और ना ही दुल्हन तय थी, क्योंकि हम दोनो को मोहब्बत मिले हो गई थी और उससे भी नहीं हुआ था अगर सीढ़े सबदो में कहु तो हमारी मोहब्बत सोशल नेटवर्किंग वाली थी, और कुछ ऐसी थी की ना में तो उस लड़की से कभी मिला जिशे में खुद से भी ज्यादा प्यार करता था, और ना ही कनक के कभी कभी मिला। भी ज़्यदा प्यार करती थी, हम दोनो भी विक्रांत अंकल और मेरे डैड की तरह काफ़ी अच्छे दोस्त थे, वो भी बचपन से, पर हम कभी भी एक दसरे की मोहब्बत के बारे में कभी कुछ, क्यों भी कुछ नहीं बात पता नहीं थी की हम दोनो जिशे प्यार करते हैं वो साक्ष है कौन बहुत में? खैर हादसे की बात बताना हूं, जब डैड ने विक्रांत अंकल सेह बोला की कनक और अरुण को बुला लो मुहर का वक्त हो गया है, और पंडित जी भी बक्की रश्मे करने के लिए कब से बोल रहे हैं? में मिला मिला तू चिंता मत कर अनिरुद्ध में देखता हूं, कैसा बताता है की दुल्हा तो कब का भाग चुका है अपनी दुल्हन को छोड कर अपनी उस मोहब्बत के पीछे आज तक कभी था, असलियत जिंदगी में तो उसकी बातें ही मेरे जीने का सहारा बन छुकी थी, और रही बात

दुल्हनें, जैसी मेरी कहानी वैशी ही कहानी बिल्कु उशी तारह हर एक पाने की लिखावट जैसी जैसी भी होती है की थी, हम दो निकले तो साथ में थे, प्रति एक दसरे को बिना बता वो भी फिल्मो में की तरह अपने होने वाले पति का नाम ये अपना होने वाली पत्नी के नाम एक पत्र छोड़ कर। मुझे पता है हम दोनो की बातें मैटलैब मेरी बातें आप सब को समझ बिलकुल नहीं आ रही होगी, प्रति किस्मत के हादसे ही कुछ ऐसे थे, हम दोनो की मोहब्बत भी एक जैसी भी दूर और फिर भी फिर ऐसा ही है था की हम दोनो ही एक जैसे नहीं थे, जो पत्र हमने एक दसरे के नाम लिखे थे वह पत्र अब वो पढ़ने वाले थे जिन्हे सयाद ईश अच्छे का अंदाज भी नहीं था,

मैंने पहले ही कहा था की दादा अपने असूल का कफी पक्के थे, उनके लिए परिवार बाद और उनके भावनाएं बाद में आते थे, उससे पहले उनके असूल की बाते पहले आती थी, उस दिन कुछ जैश ही वह हुआ था। उन्होन न तो उस वक्त कुछ और न ही किशी को कुछ कहने दिया, बश मेरी फोटो उठा और उश हवन जहां हम दोनो साथ चक्कर लगाने वाले थे वो भी जिंदगी, उशी हवन डैड ने मेरी तस्वीर के साथ। अंकल भी कह चुप बैठने वाला थे ठीक कर उन दोस्त जो थे, उन भी वही किया जो उनके दोस्त ने मेरे साथ किया था, मतलब कनक की फोटो ली और उसके भी साथ टुकडे कर के उशी हवन में खैर बीज दिए थे हमारी शादी नहीं हुई, प्रति हा अगर एक तारे से देखी गई तो हो भी गई थी, पर हमारी नहीं हमारी तस्वीर की वो भी आप में, उस दिन एक बात और भी पूरी तरह से समाज दो नहीं है बाल्की दो तस्वीरो के भी मिलन से शादी हो सकती है है .उस दिन के बाद ना तो मेरे डैड ने मेरी खोज की और न ही वो जाने जाने की कभी कोशिश की और न ही पाने बेटे को कभी वापस अपने की रिवायत की, उन्होन उस दिन ही के एक दिया हमरा था है, जो की मेरा भाई था हयात, उस दिन न तो मा न कुछ कहा पिता से न तो किशी और ने, क्योंकि वो जाने थे की उनके लिए कौन जरूरी है, अगर वो मेरा साथ देते तो सयाद वो भी मेरी होती है प्रति विक्रांत अंकलने आयशा कुछ भी नहीं किया, मैं मानता हूं उन्होन कनक की तस्वीरे उस वक्त हवन में दाल दी थी, पर वो मेरे पिता की अतह बिल्कु नहीं थे, उनसे दोस्ती के कुछ कुछ नहं कहो थे, वो ईश बात से की कनक ने कभी अपने प्यार

के बार में उन कभी बताया ही नहीं, क्योंकि उसे यही लगता था कि वो कर देगा, हर फौजी के पास के अंदर एक दिल होता है। , पर वो किशी के सामने इशलिये जहीर नहीं करना चाहते, क्योंकि उन अपने देश की चिंता, उन आप देश की रक्षा करनी है।

पर आयशा कुछ भी नहीं हुआ, कनक के डैड ने मतलाब विक्रांत अंकल ने ऊशे कफी धुंडने की कोषिश की, पर वो जिश जग थी उस जग को सयाद में भी नहीं जनता था, और जहां में था सैयद बावरे मैं भी मेरी मैं जनता थी, प्रति कहते हैं किस्मत में अगर किशी को मिलना है तो वो एक ही जन्म में केई बार मिल जाते हैं, अब हमारी कहानी में वो मोर आने वाले हैं, हम नहीं सुनेंगे। कल्पना की पहचान बन जाएंगे जिशे आम भाषा में उलझन कहते हैं?

"की किश
सफर कि
उड़ान
मुख्य
फश चुके
है शानी
सेह
ना ही
कोई
मुशाफिर
नज़र
आ
राहा
मैं और
ना
ही
किशी
मंजिल

कि
आशा है।"

4

अजनबी

आप दुनिया में एक दिन में कई हादसे, कुछ हद से सही होते हैं तो कुछ हद से गलत भी होते हैं, और कुछ हद से ऐश होते हैं जो हमारे दिल और दिमागा सेह जाने का नाम ही नहीं मेरे साथ है। यही है हम दोनो के साथ भी कुछ दिल और दिमाग वाले ही हदसे हुए थे, मतलब हम चीज से भाग रहे थे बहुत कर वही चीज हमारे सामने आ गई थी, और कैसे कभी आई? से देख ले। तो उस दिन हुआ कुछ आयशा की में और कनक उस दिन भाग तो गए थे एक दसरे सेह डर और एक दसरे की मोहब्बत के लिए, प्रति सैयाद किस्मत को ये भी कभी चीज उस वक्त मंजूर नहीं एक थी, जाए, आप सब से ये अनुरोध है की ईश चीज कृपा कर के उल्टा न समझे, मेरा मतलब है मिन प्यार तो उसी लड़की से करता था जिस से मैं पहली बार उस सोशल नेटवर्किंग साइट पर मिला था बताने के लिए, की उस सोशल नेटवर्किंग ऐप का नाम क्या था, जिन्होन हम दोनो के रिश्तों को आयशा पक्का किया की हम एक दसरे के साथ वही पर फश कर रह गए वो भी पूरी जिंदगी भर, ये अधूरी जिंदगी का भी, पता आगे के हादस देख कर ही पता चलेगा वैसा, फिर से भूल गया मैंने तो उस सोशल नेटवर्किंग आप का नाम ही नहीं बताया वैसा, वैसा ही उस ऐप का नाम "रिश्ते जोड़ो और ख़तस तोडो" मुझे पता इश ऐप का नाम सुनकर उतनी ही हेयरनई हो रही होगी जितनी उस वक्त मुझे हुआ थी, मतलाब ये के ओय नाम नहीं बाल्की कुछ परिवार की कुंडली लगती है, जब मैंने पहली बार ईश

ऐप का नाम सुना वो भी उस साक्षी से जिसे आज तक शादी ही नहीं की। कुछ रस्तो सेह हटे की गुजरिश अभी नहीं कर सकता, वर्ण उन हादसो का ज़िक्र सयाद मेरे लफ़्ज़ो में अधूरी रह जाये जो की ना तो कफी हद तक मुझे मंजूर थी और ना ही कनक को, उस हम दिन खुद जब के लिए अपने घर और परिवार की इज्जत की बाली देकर जब हम वह से निकले तो मैं तो सीधे वहा गोवा आ गया था, वो भी उसकी तलाश, क्योंकि जब हम डॉन के बीच में तब मैं तब से आखिरी हूं क्या हम मिल सकते हैं, क्योंकि अगर में तुमसे अभी नहीं मिल पाया तो सयाद कभी नहीं मिल पाएगा, इशलिये उसे मुझे गोवा आने के लिए बोला था, उसे एक पता भी दिया था जो मुझे सयाद याद नहीं है पर मैंने भी दिया था। था, गोल्डन ट्यूलिपगो कैंडोलिम, बश मुझे इतना ही पता की उसे मुझे ये बुलाया था इशी के आस पास कही सयाद, मतलब आप सब भी सोच रहे होंगे की ये किश तराह की मोहब्बत जिसमे हम ना तो में हैं पहले कभी मैंने देखा है, न ही उसे मुझे कभी देखा है, सिर्फ अल्फाजो से और लफ्जो से मोहब्बत कैसी हो सकती है? सच कहूं तो लोग ईश दुनिया में मोहब्बत सिर्फ लफ्जो के जरीये ही करते हैं, मेरा कहने का मतलब ये है कि जिस्म तो मातृ एक जरिया है किन्ही दो प्रेमियो को आप में मिलाने का, और मेरी मोहब्बत भी कुछ कहते हैं जिंदगी में एक आप जबकिशी चीज की गुजारिश करते हो, उस हर दिन अपने उससे में मांगते हो, और वो अगर आपको ना मिले तोह वक्त का साथ उसकी गुजरीश भी खतम हो जाती है और मैं कुछ भी कहता हूं कोशीश नहीं ये उसका दीदार नहीं करना चाहता था, उसे वो अंजानी शि खूबसूरत आंखें नहीं देखना चाहता था, उसे वो खुशी, और उसे वो तबुसाम, सब कुछ अपनी आंखें से देखना चाहता था। था की अब जब भी उससे मिलूंगा तो उसे अपनी पूरी जिंदगी के लिए मुश्किल करना कहुंगा, ये लंबे रिश्ते भी कमाल के होते हैं, मोहब्बत और बातें कब गहरी हो जाती है, कुछ इसा कुछ और में ही नहीं होता है जाने उन बातों का आगे जाकी अर अंजाम ही कुछ अलग होता है, मैं जनता हूं मेरी बात बिलकुल नहीं थी में किशी आइश से मिलन जिशे न तो मैंने कभी देखा है, न हम दोनो के साथ होने के वजूद को महान ये मोहब्बत हो जाए तो सपने में दिखने वाले ख्वाब भी हकीकत लगते हैं, प्रति हम दो का मिलना ख्वाब

नहीं था, एक किस्मत थी, एक ऐसी किस्मत जिस्म भी हम दोौ इश कादर बंद में उसे भी थे। में तो उस वक्त ये भी नहीं जनता की में जितनी मोहब्बत उससे करता हूं क्या वो भी मुझसे इतनी मोहब्बत करता है? कहते हैं मोहब्बत में ख़्वाब भले ही अधूरा होता है,

प्रति रिश्तों की पहचान हमसे एक हकीकत की तरह पूरी होती है, और मोहब्बत की तो हकीकत भी यही है की आप किशी को अगर प्यार करता है तो ये जरूरत तो नहीं की आप से भी। और प्यार करता हो तो बदले में वो भी आपको उतनी ही मोहब्बत ये जरूरी तो नहीं, में जनता था की हमारी बातें कोई दिखा नहीं है, हमारी भावनाएं एक दुसरे के लेकर ये भी कभी नहीं है कहीं ये बातें भी थी की ये सिर्फ एक कल्पना हो मेरी, मैं नहीं कहता था की जिशे में कुछ ही पीएल अपनी पूरी दुनिया मन चूका वो भी उसे बिना देखे ही, वो दिन के चांद की जैशी लग्नी में तो सिर के लिए चांद की की किरने ही आंहकीनो की पहचान बंटी ना की उश चांद की तरह जो उस और यहां की बहुत पहले से ही गुलाम है।

"

की
ऐ
खुदा दर्दी
की हादे
कुछ परी
शि हो
गई है
मात्र
हिसो में
प्रति
तुझसेह तब भी
एक गुजरती
हाई

ये तो जिनी
की कोई
वजाह दे दे
नहीं तो हिस्से
मुख्य
मौत की साजा दे
दे।"

इन सब के बाद जहां उसे बुलाया था में वह पौच वचुका था, मुझे दिनों की खैरत तो कुछ याद नहीं क्योंकि जिश तार से में अपने परिवार के नजरों के सामने भाग था, और समय मेरे पास टिकट, और समय मेरे पास टिकट पैशो थे, में किशी भी तार से वह पौचा तोह गया प्रति विक्रांत अंकल सिरफ अपनी बेटी कनक को ही नहीं धुंढ रहे थे, वो कहीं न कहीं मुझे भी धुंड रहे थे, क्योंकि मैंने उनके लिए रेलवे स्टेशन पर उनके लिए सख से ये पुच रहे थे कि आप ने ईश दुल्हे को देखा है, मतलब ईश लड़कों को देखा है? आइश कौन पुछता है किशी के बारे में काम से मेरी एक अच्छी तस्वीर तो घर से ले आते हैं! में तो भूल ही गया की पापा ने उसी वक्त मेरी सारी तस्वीरे जला दी थी वो भी उस हवन में जहां में साथ फेरे लेने वाला था वो भी अपनी प्यारी दोस्त के साथ। मुझे उस दिन किशी लम्हे पर अफसूस नहीं था, बश में अपनी प्यारी शि दोस्त का दिल दुखा कर जा रहा हूं, मुझे बस पूरे सफर सिरफ उशी की बात याद आ रही थी, और उसकी हर बार वो बार! व सिरफ सैम, ने दिख रही, मैं उस वक्त खुद की नजरों में गिर गया था और अफगानों की हद कुछ कुछ ईश कदर तक हाद तक सीमा पार कर चुकी थी मुझसे उस वक्त बिलकुल रहा नहीं, बुला रहा था भी किया, प्रति उसका तो फोन ही स्विच ऑफ आ रहा था! मुझे लगा वो मुझसे कफी गुसा होगी? ishliye उसे अपना फोन स्विच ऑफ कर दिया है ? और हो भी क्यों ना अगर सचाई उश बताने ही तो इश कादर धोखा देकर क्यों? उसके सामने भी तो जकार बोल सकता था, पर नहीं ऐसी बातें तो मेरे जहां में कभी आती ही नहीं है, गढ़ा हूं में बिलकुल, सही कहती है वो मेरे बारे में कभी कभी कोई सही नहीं है। प्रति अब एन

बातें पर भी अफसो कर के वो भी अपनी मोहब्बत से मिलने के आधे सफर में उस वक्त सयात मेरे लिया कुछ खास नहीं थी, मुझे लगा की कनक अभी गुस्सा है तो क्या हुआ?

मेरे जैसे ही आपको उससे मिलूंगा, फिर क्या थी मेरी तो मोहब्बत की रेल गाड़ी निकल गई थी वो भी अपने रास्ता पर जहां पर उस वक्त किशी भी तार का यू तरन नहीं था और उस में क्या था उस वक्त सफर कर रही थी। में अच्छा कहता है जिंदगी में कुछ हदसे भी होते हैं जिनके बारे में ना तो हम वक्त पर अहसास होता है, और ना ही कोई ताजारबा की उसे हम कैसा संभले, अब मेरी जिंदगी में कुछ भी कुछ वही है वक्त बेखबर था, कोई अंदाज ही नहीं था की मेरे साथ ये सब भी होने वाला है, की में जिश चीज, ये जिश इंसान की नजरों से में उस वक्त भाग रहा था आखिरी कर मुलक़ात उसी से हो जाएगी|

"कि

मेरे दिल

के हलात समझा

कर ना

बदतमीज दुनिया

कहते हैं

हमे

प्रति

तू अपने ख्यालो से मुझे

देख कर

ना

सयाद हर वक्त गलत नहीं होता

में

सुफिर भी

तुझे आयशा

क्यों लगता है

कि

में पहले
जैशा
हुन...."

मैटलैब क्यों होते हैं ये हादसे मेरे साथ ही, क्यों बन जाता हूं में एन्का हिसा वो भी न कहते हुए भी, एक सीधी जिंदगी क्यों नहीं मिलती मुझे, बचपन में पिता की बातें, उसके बाद शिक्षक, क्या बताता हूं सामना करना केर रहा है मुझे एन सब, एक साधरण शि जिंदगी क्यों नहीं जी सकता में, इतनी उलझन भरी जिंदगी अगर आनी ही थी तो उस ऊपरवाले ने मुझे ही क्यों चुना इसके लिए और कोई और , और अगर मिलाना ही था तो उस वक्त किशी और से मुलकत क्यूं नहीं करवई उन्होन, वो ही साक्षी क्यों जिसके सामने न तो में कुछ जहीर कर पाऊंगा और ना ही कुछ बोल पाऊंगा सिर्फ में ही जिम्मेदार नहीं बाल्की उसे जगा कोई और भी है जो बारबार का हिसदार है तो आगे चलते हैं और उस दोशी के बारे में कुछ खबरे देखते हैं, और ओसने क्या जुर्म किया है उसे भी देख लेते हैं

5

मेरा प्यार

कुछ लम्हे हमारे जिंदगी में ऐसे भी होते हैं जिन्हे हम कभी अपनी याद करते हैं से कभी दूर नहीं करना चाहते, पर में करना चाहता था क्योंकि अब में एक नई सुरुरात करने वाले था वो भी रंगे भी की मेरे ईश फैसिल की वजश से के लोग के दिल टूटे होंगे पर क्या करू जब किशी से सच्ची मोहब्बत हो जाए, तब न तो परिवार नजर आता और न ही परिवार की बातें कुछ कुछ कुछ वो भी उन आंखों के सामने ऐसे भी कहीं पल देखा जहां उशी खुशियां सिरफ उसी के परिवार ने दी है, ऐसी बात बिलकुल नहीं थी की मुझे पिता का वो सेहरा याद नहीं था, सबसे ज्यादा बातें करती हैं आने वालों में पर वह हकीकत में उस वक्त लाना नहीं चाहता था, ईश दुनिया में अगर हम किशी से सच मोहब्बत करते हैं तो वो खुद खुद से ही करते हैं, और ये मुझसे मिलने तब महानोश उर की उन्ही गलियों में छोड कर आ गया था जहां मेरे बचपन की हर एक याद मेरे परिवार की हर उस मोहब्बत को दीखाती है जिसी वजाह मैंने कभी भी अपनी जिंदगी में कोई दर्द, दर्द नहीं सहा है इसमे कोई प्यार दिखता न ही कोई दोस्ती दिखी है, और ना ही समाज की बातें उस वक्त समाज में आती है। इस्के पहले मैंने पहले ही ये जहीर कर दिया था की में उश साख से मिलने वाला था जिशे न तो में देखना चाहता था और न ही उसे कोई गुजारिश थी मुझसे मिलने की बात ये कुछ नहीं था में अपने इतने का सामना नहीं करना चाहता वो भी अपने भविष्य के सामने, तो बात

कुछ ऐसी हुई की में कानपुर से जैसे ही गोवा पौचा वो भी उसश से मिलने के लिए कभी मिला। हम दो को एक दसरे से मोहब्बत हो गई थी वो भी इतनी की मैंने अपना परिवार, कानपुर की वो बचपन की यादें, मेरा घर, और मेरे सबसे प्यारी दोस्त का दिल कफी पहले ही तोड कर उसके पीछे लिए,क्या बात ये नहीं थी कि मुझे उसके लिए से मोहब्बत थी, क्योंकि आज तक तो में कभी उससे मिला ही नहीं था, तो बहुत उस सेहरे से मोहब्बत काइशे हो सकती है, मैं खुद में गया हूं। उसकी मोहब्बत थी जिसे लिए मैंने हर वो प्यार की दीवार तोड दी थी जिशे में कभी तोडना नहीं कहता था, पता नहीं पर कुछ उस वक्त महसूश नहीं कर रहा था, और करता भी कश काफी में तो वो खुशी महसूश कैसी होती है, वो बातें, उनकी यादें हर एक लम्हे मेरे जहान में हर वक्त मुझसे ये ही सवल कर रहा था की आखिर क्यों किया तूने आयशा? क्या जरूरी थी सब कुछ ठीक चल रहा था, में क्या बताऊं तो खुद भी नहीं पता था कि मैंने क्यों किया ये? में बस इतना चाहता था की आकाश आज हम न ही मिले तो बेहतर होगा, क्योंकि ना तो में उसे आब वो खुशी दे पाउंगा जो पहले दो तरफा बातें के सहे में उसे दे पता था, मैं बस वह भी से यह किशी सयाद उस वक्त दिल की ये मंजूरी भी नहीं थी में उससे ईश कदर दूर चला जाऊं? मेरे ये गलतियां उस वक्त तो नहीं करना चाहता था वर्ण न तो में फिरत अपने परिवार के तरह रहती और न ही अपनी मोहब्बत के तारफ, प्रति कहते हैं जब सब रास्ते खतम हो गए तो ये हैं त मेरी कनक ही थी, उस वक्त जब के डेर इंतजार करने के बाद जब वो नहीं आई तो मैंने ये मन लिए था कि हर वजूद की यादे एक दिखवा नहीं है, क्या और क्या त बदल शि गई थी, सुबाह से शाम होने वाली थी प्रति उस वक्त न तो मुझे कोई संदेश किया और न ही कोई कॉल, में समाज गया ये यू कहिए की में खुद को ये समझौता रहा था की में, मेरी गलती है ये याद रखें गलत है, प्रति कहते हैं जब जिंदगी में आप अपनी मंजिल के बेहद करीब होते हैं तो कहीं और जाते हैं, और उस वक्त मेरी जिंदगी में एक और हाडसा होता है। कुछ समाज ही नहीं आ रहा था, क्योंकि जिश सो आकाश की मैंने गुजारिशा थी और जिशे में डबरा देखना नहीं चाहता था वो कोई और सिर्फ कनक थी।

बातें कुछ समाज में नहीं आ रही में जनता हूं, क्योंकि उस वक्त हम दोनो भी कफी हेयरां थे और परेशां भी, पर कहते हैं थोड़ी खुशी भी थी ये उससे ज्यादा ही, जब में वह हर सेह वपास को आपको उस मोहब्बत को एक बेवफी की नई तस्वीर देकर तबी उस वक्त वो मुझे संदेश देती है, मैं तो आ चुकी पर तुम्हें मुझे दिख नहीं रहा है, उसमें उससे वक्त काफी तो इसलिए है। से तुम थी कहा? मुझे तो अलग तुम आओगी ही नहीं? इश्ली में तो जाने वाला था? पर नहीं में बिलकुल आयशा नहीं कहता में बश बहुत खुश था उह वक्त क्योंकि मैंने जो रास्ते चुने थे वो सयाद कुछ वक्त के लिए ही पर सही थे, और वो रास्ते कभी भी कुछ इश कादर के थे तो हमर जीस ना ही में अपने परिवार की नजरों में उस वक्त दुबारा गिरता क्यों? वो लड़की कोई और नहीं कनक ही थी, मुझे पता है आप सब को कफी हिरनी हो रही पर उस वक्त वो एक्ले नहीं थी, उसके साथ कोई और भी था जिससे मैं बात करता हूं, मैं ही उससे बात करता हूं। जिसके लिए मैंने पाने घर परिवार और कानपुर की वो गालियों को भी छोडने को तय था, अभी मेरी पूरी जिंदगी कफी उलटी हुई है? न तो अभी में कुछ कह सकता है न ही इसके आगे अभी कुछ बताता की रिवायत को आगे बढ़ा सकता हूं क्योंकि उसमें उस वक्त में खुद समाधान कहता था की आखिरी मेरी जिंदगी में आने से क्या वाला है? अगर वो है तो उसके साथ वो दूसरी लड़की कौन है, और वो दोनो अभिराज के बारे में क्यों पुच रहे हैं, और ये अभी राज कौन है? लम्हे की सौगात आप भी समझने की कोषिश करे और मुझे भी समझने के लिए कुछ वक्त गुजरिश दे।

"की आरज़ू

किया है

आंखें

मुख्य

खामोशी

हाई

प्रति दिल कि

खैरात

अभी भी
खुशियों सेह
भरी हुई
हाई
मुख्य महरूम
तो
हुन
उश सावली
सेह आज
भी जिस्ने
मुझे
कयि
रातों
टाक सोन
नही
दीपक ।
सुना
हाई
हुस्न
के जरीये
मुहब्बत थी
उन्हे हम्से
बेगैरत गल्ती
तोह हम्ने
कि
जो दिलो
दिल
लगा बैठे।"

में उसे तलाश कर रहा हूं जो मैंने खुद अपनी ईश किस्मत की बौदौलत खोया है वो मेरी अपनी नहीं है पर पराई भी नहीं हैप्रति जब भी उसके करीब जाता हूं तो खुद को भूल जाता हूं, मैं नहीं जनता की वो मेरे लिए क्या है ,पर जो भी मेरे लिए वो अपनी मेरी हर एक खुशी है,पर क्या में उसका हो पायूंगा? मेरे धर्म से जुडी हर एक कहानी सयाद अंजान है पर उसकी हर एक कहानी मुझसे हुई गुजरती है,

हम भले ही एक दुसरे से मुकाबिल है पर मेरा इश्क वो नहीं जो मेरे साथ है.........

www.ingramcontent.com/pod-product-compliance
Lightning Source LLC
Chambersburg PA
CBHW022038150726
47990CB00004B/1512